_____ 님께

지난 한 해 베풀어 주신
따뜻한 관심과 사랑에 감사드립니다.

새해에는 더욱 건강하시고
행복한 시간들로 가득하시길 기원합니다.

새해 福 많이 받으세요!

드림

마음 산책

나무한그루

지금, 어디로 가고 있는가?

영국의 작가 헉슬리가 기차를 탔다.

더블린에서 열리는 작가 모임에 가는 길이었다.

그런데 기차가 예정 시간보다 연착되는 바람에

헉슬리는 마음이 급해졌고,

역사 앞에서 마차에 올라타자마자 마부를 재촉했다.

"시간이 없네. 빨리 좀 가 주게."

그의 말이 떨어지기 무섭게

마부는 마차를 몰고 쏜살같이 역사를 빠져나갔다.

얼마나 달렸을까?

부연 흙먼지를 날리며 달리는 마차 안에서

초조하게 시계만 들여다보던 헉슬리는

퍼뜩 정신을 차리고 마부에게 물었다.

"이보시게, 지금 어디로 가고 있는 건가?"

그러자 마부가 대답했다.

"글쎄요? 아무튼 저는 최대한 빨리 달리고 있는데요?"

방향이 먼저일까, 속도가 먼저일까?

방향을 놓쳐버린 자에게

속도가 무슨 의미가 있을까!

옛 성현들은 말한다.

'급할수록 돌아가라!'

매미의 일생

매미가 짝짓기를 통해 알을 낳으면

1년 동안 나무껍질에 붙어 있다가

알에서 깨어나 애벌레 상태로 땅속으로 들어간다.

땅속에서 7년 가까운 시간을 지내다가,

어느 여름날 땅 위로 올라와 껍질을 벗고 성충이 된다.

그렇게 긴 인고의 시간을 거쳐 세상에 나온 뒤에는

고작 2주 정도를 살다가 그 생을 마감한다.

그래서 매미는 한여름 땡볕 아래서

그토록 처절하게 울어대는 것인지도 모른다.

땅 속에서 애벌레 상태로 7년을 보낸 매미가

마침내 땅 위로 올라와서 껍질을 벗고 성충이 되는 데에도

대략 3시간에서 반나절의 시간이 걸리는데
이때가 가장 위험한 순간이라고 한다.
다른 동물들의 먹잇감이 될 수 있기 때문이다.
그렇다고 누군가 대신 허물을 벗겨준다면 어떻게 될까?
스스로 허물을 벗지 못하고 세상에 나온 매미는
그대로 죽고 만다.

달걀도 마찬가지다.
스스로 알을 깨고 나오면 병아리가 되지만
누군가가 알을 깨주면 …?
식탁에 오르는 계란 프라이가 되고 만다.

자신이 갇힌 세계를 스스로 깨지 못하면
그 안에 영원히 갇히거나
자신이 먼저 깨지기 쉽다.

두 명의 좋은 친구

'에딘버러에서 런던까지 가장 빨리 가는 방법은?'

영국의 한 신문사에서
마케팅 전략으로 실시했던 이색적인 현상공모 내용이다.

큰 상금이 걸린 현상공모에 일반인은 물론이고
수학자와 교통학자까지 수많은 사람들이 참여했고,
그만큼 다양한 아이디어들이 쏟아졌다.

그런데 이 현상 공모에서 1등을 차지한 주인공은
의외로 평범한 일반인이었다.
그가 제시한 답은 '좋은 친구와 함께 가는 것'이었다.

좋은 친구와 함께라면 아무리 멀고 험난한 여정이라도
시간 가는 줄 모르고, 즐겁게 여행할 수 있다는 것!

사막을 홀로 횡단할 때
외로움을 극복할 수 있는 방법은 무엇일까?
프랑스 시인 오르탕스 블루는
〈사막〉이란 시에서 기발한 방법을 보여준다.

그 사막에서
그는 너무나 외로워

때로는 뒷걸음질로 걸었다
자기 앞에 찍힌 발자국을 보려고

좋은 친구에도 두 종류가 있다.
나를 많이 닮아 있는 편안한 친구,
홀로 걷는 사막에 찍힌 발자국 같은, 그런 친구!

나를 행복하게 하는 일

길거리에서 노래를 부르며

근근이 생계를 이어가고 있는 청년이 있었다.

그 거리를 오가며 청년을 주의 깊게 지켜보던

지역의 한 유지가 그에게 특별한 제안을 했다.

"이보시게, 이제 길거리에서 노래 부르는 것을 그만두고

내가 소개하는 제대로 된 일을 해보는 건 어떻겠나?

아마 지금보다 몇 배나 더 많은 돈을 벌 수 있을 걸세."

청년은 잠시 생각에 잠기더니 이렇게 되물었다.

"왜요? 지금 제가 하는 일이 하찮게 보이십니까?

저는 지금 이 일을 좋아하고

다른 사람을 위해 노래를 부를 때가 가장 행복합니다.

단지 돈을 더 많이 번다고

좋아하지도 않는 일을 하는 게
무슨 의미가 있습니까?"
유지는 더 이상 말을 잇지 못했다.

행복한 삶을 위해서는 돈도 필요하다.
그렇다고 돈이 행복을 보장해 주지는 않는다.
중요한 것은 내가 좋아하는 일을 계속하는 것,
그 일을 통해서 행복감을 느끼는 것이다.

시작하는 용기

1983년 뉴욕,

102층 높이의 엠파이어스테이트 빌딩 외벽을

맨손으로 오른 남자 버슨 햄.

381m 높이의 빌딩을 맨손으로 오른 기록보다

놀라운 것은 그가 고소공포증 환자였다는 사실이었다.

그를 인터뷰하기 위해 세계 각지에서 기자들이 몰려들었다.

그런데 어느 날부터인가

인터뷰 주인공이 아흔네 살의 할머니로 바뀌어 있었다.

버슨 햄의 성공을 축하하기 위해

자신이 살고 있는 글래스보로에서 필라델피아까지

무려 100km가 넘는 길을 걸어온

버슨 햄의 증조할머니였다.

그녀의 이야기는 증손자의 기록만큼이나 화제가 됐다.

기자가 그녀에게 물었다.

"연세가 90을 넘으셨는데,

어떻게 100km나 되는 길을 걸어오실 생각을 한 겁니까?"

할머니는 담담하게 대답했다.

"단숨에 100km를 달리는 데에는 큰 용기가 필요하지요.

하지만 한 발짝씩 걷는 데에는 특별한 용기가 필요 없어요."

그것은 고소공포증을 가진 버슨 햄이

381m의 빌딩을 오를 수 있었던 비결이기도 했다.

세상에서 가장 겁 많고 게으른 것이

사람의 눈이다.

막상 시작해 보면 별 것 아닌데도

우리 눈은 지레짐작만으로

미리 겁먹고 두려워하거나 버거워하기 일쑤다.

망설임 없는 한 걸음이 희망이 되고,

성공을 만들고, 기적을 일으킨다.

꿈의 크기

한 여행자가 해안을 따라 걷다가
특이한 광경을 목격했다.
나이 지긋한 어부가 낚시를 하고 있었는데
물고기가 잡힐 때마다 크기를 재어보더니
큰 물고기는 바다로 던져주고
작은 물고기를 바구니에 담고 있었던 것이다.

보통 낚시꾼들은 큰 물고기를 잡고
치어를 방사하는 것으로 알고 있던
여행자는 어부에게 다가가 물었다.
"어르신, 왜 작은 물고기를 놓아주지 않고
큰 물고기를 바다로 돌려보내는 겁니까?"

여행자의 질문에 어부는 무심하게 대답했다.

"뭐, 특별한 이유는 없고,

그냥 우리 집에 프라이팬이 작은 것밖에 없기 때문이오."

조리기구 크기에 맞춰 고기를 낚는 어부의 모습을

안분지족安分知足의 삶이라고 칭송해야 할까?

만약 어부가 낚는 것이 고기가 아닌 꿈이었다면,

그때도 자신의 형편에 맞는 꿈만을 꾸어야 할까?

이런 말이 있다.

"호랑이를 그리려고 해야 고양이라도 그린다."

모름지기 꿈이란 일단 크게 꾸고 볼 일이다.

선택과 집중

하는 일마다 실패를 맛본 한 청년이
곤충학자 파브르를 만나 고민을 털어놓았다.
"저는 모든 일에 제가 가진 열정을 다 쏟았습니다.
그런데도 하는 일마다 실패하는 이유가 뭘까요?"
파브르는 청년을 칭찬하며 질문을 던졌다.
"그런데 자네가 좋아하는 분야는 무엇인가?"
청년은 기다렸다는 듯 자신 있게 대답했다.
"저는 과학도 좋아하고 예술분야에도 관심이 많아서
누구보다 바쁘게 살아가고 있다고 자부합니다."
파브르는 미소를 지으며 청년을 창가로 이끌었고,
돋보기로 햇빛을 모아 종이에 불을 붙여 보였다.
"이것 보게. 열정도 이렇게 한 곳에 집중시켜야 한다네.

성공하고 싶다면 우선 한 가지에 집중해 보게."

세계적인 테너 루치아노 파바로티.
그는 사람들이 성공비결을 물을 때마다 이렇게 대답했다.
"한 의자를 선택해서 가능했습니다."
그것은 아버지가 늘 들려주던 충고이기도 했다.
제빵사였던 그의 아버지는
파바로티가 흔들릴 때마다 이렇게 말하곤 했다.
"네가 두 개의 의자에 동시에 앉으려고 한다면
아마 너는 두 의자 사이로 떨어지고 말 거야.
인생은 한 번에 하나의 의자를 선택하는 것이거든."

모든 일에 열정을 쏟는다는 것은,
다른 시각에서 보면 과욕을 부리는 것과 다름없다.
과욕은 사람을 지치게 하고 마음까지 피폐하게 만든다.
열정은 선택과 집중을 만났을 때
비로소 성공신화를 만들어낸다.

명사수의 비결

활쏘기의 명인으로 불리는 고령의 궁수가

두 명의 제자를 가르치게 되었다.

그런데 일 년이란 시간이 흐르도록

두 제자는 단 한 번도 활을 잡아보지 못했다.

어느 날, 나이 든 궁수는

두 제자에게 활과 화살을 내놓고

나무에 매단 작은 표적을 겨냥하도록 했다.

제자 한 명이 먼저 나서서 조준을 하자

나이 든 궁수가 물었다.

"무엇이 보이느냐?"

"네, 하늘과 구름이 보이고, 나뭇가지와 표적이 보입니다."

그러자, 궁수는 이렇게 말했다.

"활을 내려놓아라. 너는 아직 활을 쏠 준비가 안 되었구나!"

이번에는 다른 제자 한 명이 활을 들고 앞으로 나섰다.

"그래, 너는 무엇이 보이느냐?"

"네, 표적이 보입니다."

제자의 망설임 없는 대답에 나이 든 궁수는 말했다.

"그럼 시위를 당겨라."

활시위를 벗어난 화살은 보기 좋게 표적을 명중시켰다.

궁수는 미소를 지으며 말했다.

"명사수의 비결은 오직 하나다.

표적만 바라보고 시위를 당기는 것이다."

프랑스의 대표 지성으로 일컬어지는 작가,

앙드레 모로아는 이렇게 말했다.

"살아가는 기술이란,

하나의 공격 목표를 골라서 거기에 집중하는 데에 있다."

고수나 달인이 되는 비결이 있다면

그것은 집중일 것이다.

아직 내게 남은 것...

세계적인 바이올리니스트 니콜로 파가니니.

그는 악마에게 영혼을 팔았다는 말을 들을 정도로

인류 역사상 최고의 바이올린 연주자로 꼽힌다.

그가 프랑스 혁명의 여파로 감옥에 갇혔을 때의 일이다.

감옥에서도 파가니니의 유일한 위안은 바이올린 연주였다.

그런데 감방은 습기가 많았고

그 때문에 바이올린 줄이 하나 둘 끊겨져 나갔다.

마침내 한 줄만 남게 되자

파가니니는 간수에게 줄을 구해달라고 부탁했다.

하지만 간수는 줄을 구할 수 없었다.

며칠 후, 감방을 순찰하던 간수는

아름다운 바이올린 선율에 이끌려 발걸음을 옮겼다.
그가 도착한 곳은 파가니니가 갇혀 있는 방이었다.
그 곳에서 파가니니는 한 줄만 남은 바이올린으로
완벽에 가까운 아름다운 연주를 하고 있었다.
한 줄밖에 남지 않은 바이올린이었지만
그의 연주 열정을 담기에 충분했던 것이다.

"신에게는 아직 열두 척의 배가 남아 있습니다."
임진왜란 당시 정적들의 포함에 빠졌다가
백의종군해서 삼도수군통제사로 복직한
이순신 장군이 선조에게 보낸 장계에 적힌 말이다.
이순신은 망가진 판옥선 한 척을 수리해서
총 13척의 배로 왜선 133척을 대파하는 승리를 거둔다.
그 사건이 바로 세계 해전사에 빛나는 명량대첩이다.

파가니니와 이순신,
그 두 사람은 이미 잃어버린 것에 집착하기보다는
아직 자신에게 남아 있는 것에 집중했다.

마이웨이···

돼지를 키우는 한 농부가
돼지우리를 새로 짓고 있었다.
자신이 키우는 돼지들에게
더 넓고 쾌적한 환경을 만들어주기 위해서였다.
큰돈을 들여서 힘들게 공사를 시작한 농부를 바라보며
이웃의 농부들이 비아냥거리며 말했다.
"이보시게, 돼지는 아무리 좋은 우리를 만들어 주어도
고마움을 모르는 동물이라네."
그들에게 농부는 이렇게 대답했다.
"아마도 고마움은 모르겠지만
돼지들도 넓고 쾌적한 우리를 마음에 들어 할 걸세."

1년 후, 농부가 키운 돼지 중 한 마리가
우량돼지 콘테스트에서 챔피언으로 등극했다.

달팽이 한 마리가 며칠째 과일 나무를 오르고 있었다.
벌레 한 마리가 달팽이 옆을 지나며 말했다.
"올라가도 소용없어. 열매가 하나도 남지 않았거든."
달팽이는 잠시 오르기를 멈추고 대답했다.
"아마 내가 다 오를 때쯤이면 열매가 다시 열릴 거야."

남이 뭐라고 하든 신경 쓸 것 없다.
그저 묵묵히 자신의 길을 가다보면
언젠가는 반드시 목적지에 도달하게 된다.
실패든 성공이든 끝까지 가봐야 알 수 있다.
끝까지 가 보아야 다시 시작할 수 있다.

한 시인이 노래했다.
'길이 끝나는 곳에서 길은 다시 시작된다.'

진리의 참 모습

1738년,

향년 80세로 생을 마감한

네덜란드의 의사 불파페.

살아생전 유명세를 떨쳤던 의사답게

세상에 공개되지 않은 그의 유고집이 경매에 부쳐졌고,

학자와 의사, 정치가 등 쟁쟁한 인사들이 경매에 참여했다.

『세상에서 가장 심오한 의학상의 비밀』이란 책이었다.

경매 참가자들은 모두 그 책 속에

의학사에 기록될만한 위대한 처방이 담겼을 것을 기대했고,

그 기댓값만큼 경매가는 천정부지로 뛰어올랐다.

어마어마한 가격에 그 책을 최종 낙찰 받은 사람은

기대와 설렘으로 책이 든 봉투를 조심스럽게 개봉했다.

그런데 이게 어찌된 일일까?
책의 첫 페이지에만 커다란 글씨가 인쇄되어 있고
나머지 페이지들은 모두 백지 상태였다.

첫 페이지에는 이렇게 쓰여 있었다.
"머리를 차게 하고, 발을 따뜻하게 하며,
몸에 꼭 끼는 것을 피하면
세상의 모든 의사를 비웃을 수 있다."

'위대는 평범하다.'라는 말이 있다.
진리도 마찬가지다.
불변하는 진리는 결코 요란하거나 거창하지 않다.
사소하고 평범하지만 꾸준하고 변하지 않는 것,
그것이 바로 진리의 모습이다.

꽃과 잡초의 차이

잘 나가던 물류서비스 회사에 위기가 닥쳤다.
배송기사들의 부주의로 인해
연간 25만 달러에 달하는 손실이 발생했지만
이렇다 할 해결책을 찾지 못하고 있었던 것이다.
회사 경영진은 정확한 진단과 문제해결을 위해
에드워드 데밍 박사에게 컨설팅을 의뢰했고,
조사 결과 손실 발생의 원인 중 56%가
컨테이너 물품을 제대로 분류하지 않은 탓으로 드러났다.

며칠 후, 데밍 박사가 내놓은 해결책은 단 하나였다.
"오늘부터 배송기사들을
'물품분류 전문가'라고 불러주세요!"

경영진은 데밍 박사의 권유를 실행에 옮겼고,

그 효과는 한 달 만에 확연하게 나타났다.

56%에 달하던 배송 오류가 10%로 감소한 것이다.

'배송기사'를 '물품분류 전문가'로 바꿔 부른 것만으로

상상 이상의 엄청난 효과와 변화가 일어난 것이다.

우리 속담에

'이름값을 한다.'는 말이 있고,

'자리가 사람을 만든다.'는 말도 있다.

이름과 자리는 존재의 의미이자 자존감의 상징이다.

김춘수 시인은 이렇게 노래했다.

"내가 그의 이름을 불러 주기 전에는

그는 다만

하나의 몸짓에 지나지 않았다.

내가 그의 이름을 불러 주었을 때

그는 나에게로 와서

꽃이 되었다."

가장 선한 것과 가장 악한 것

탈무드에 나오는 이야기다.

왕이 두 명의 신하를 불러서 각기 다른 명령을 내렸다.

한 신하에게는

세상에서 가장 선한 것을 구해오라고 했고,

다른 한 신하에게는

세상에서 가장 악한 것을 구해오라고 했다.

왕의 명령을 받들어 궁을 나섰던 두 신하는

며칠 후 나란히 왕 앞에 섰다.

그런데 그들의 손에는 아무것도 들려 있지 않았다.

왕이 물었다.

"그래, 세상에서 가장 선한 것과 가장 악한 것을 찾았느냐?"

"예, 그러하옵니다."

"어디, 그게 무엇이더냐?"

왕의 물음에 두 신하는 동시에 같은 답을 내놓았다.

그들이 내놓은 답은 다름 아닌 '혀'였다.

세 치도 안 되는 혀가

세상에서 가장 선한 것이 되기도 하고

세상에서 가장 악한 것이 되기도 하는 것이다.

다만 그것을

선한 것으로 쓰느냐, 악한 것으로 쓰느냐는

오로지 그 주인의 선택에 달려 있다.

양날의 검은 위험하다.

자칫하면 스스로를 해할 수 있기 때문이다.

기회는 한 번뿐

누구에게나
일생에 한 번은 찾아온다는 기회의 신.
기회의 신은 과연 어떤 모습일까?

그 비밀의 열쇠를
이탈리아 토리노 박물관에서 찾을 수 있다.
그 곳에 관람객의 발길을 멈추게 하는 조각상이 있는데,
언뜻 사람의 형상을 하고 있지만
자세히 보면 앞머리는 무성한데 뒷머리는 대머리이고
발뒤꿈치에는 날개가 달려 있다.

그리고 조각상 밑에는 이런 글이 적혀 있다.

내 앞머리가 무성한 이유는

사람들이 나를 봤을 때

덥석 붙잡을 수 있도록 하기 위함이다.

뒷머리가 대머리인 이유는

내가 한번 지나가고 나면

사람들이 다시는 나를 붙잡지 못하도록 하기 위함이다.

발에 날개가 달린 이유는

사람들 앞에서 최대한 빨리 사라지기 위함이다.

내 이름은 기회의 신, 카이로스다.

정작 기회가 왔을 땐 모르고 지나치고,

뒤늦게 알아차리고 돌아봤을 땐

이미 저만치 멀어져가는 기회의 신.

이처럼 냉정한 기회의 신도

준비된 자에게는 살짝 윙크를 보낸다고 한다.

1,116개의 스트라디바리우스

이탈리아에서 태어난 안토니오 스트라디바리우스.

그는 열여덟 살 되던 해에

유명한 바이올린 제작자 니콜로 아마티의 견습공이 된다.

2년 동안 니콜로 아마티의 가르침을 받으며

바이올린 제작기술을 익힌 그는

마침내 혼자서 바이올린을 제작하게 된다.

그때 그는 자기만의 확고한 두 가지 원칙을 세웠다.

하나는, 원하는 소리가 나지 않으면

가차 없이 부숴버린다는 것이었고,

다른 하나는 그런 바이올린에는

절대 자신의 이름을 넣지 않겠다는 것이었다.

서른여섯 살에 독립하여 개인 공방을 연 안토니오는
최고의 소리를 만들기 위한 다양한 실험에 몰두했고,
마흔 살 무렵에 스승과 견줄만한 장인이 되어 있었다.

세월이 흐르고 나이가 여든 살이 넘어가면서
시력도 떨어지고 손의 감각도 무뎌져 갔지만
바이올린에 관한 한 어떤 타협도 양보도 하지 않았다.
마음에 들지 않는 바이올린은 가차 없이 부숴버리며
처음 세웠던 원칙을 고집스럽게 지켜나갔다.

그렇게 해서 스트라디바리우스는 죽는 날까지
총 1,116개의 바이올린에 자신의 이름을 새겨 넣었고,
그 바이올린들은 '세기의 명기'로 평가 받고 있다.

원칙을 세우고 일체의 타협을 용인하지 않은
뚝심과 집념이 없었다면 '스트라디바리우스'도
존재하지 않았을 것이다.

내일이 전성기

미래학자, 현대 경영학의 창시자,
20세기 최고의 경영학자로 평가받는 피터 드러커.

어느 날 그의 출판기념회장에서
한 기자가 물었다.
"그동안 미래사회에 대한 많은 저서를 남기셨는데
그 중에서 대표작을 꼽는다면 어떤 책입니까?"

피터 드러커는 망설임 없이 대답했다.
"지금까지 나온 책 중에는 대표작이 없습니다.
나의 대표작은 아마도 내년에 출판될 책이 될 겁니다."

이때 그의 나이가 92세였다고 한다.

내일을 장담할 수 없는 그 나이에도

피터 드러커는 지나온 과거보다

다가올 미래에 대한 꿈에 부풀어 있었던 것이다.

나이는

살아온 세월의 길이일 뿐이다.

나이가 들었어도

추억보다 꿈을 먹고 살고 있다면

그 사람은

여전히 청년이다.

문제가 없는 단 한 곳

카네기에게 친구가 찾아왔다.

그 친구는 자신의 삶이 문제투성이라며 투덜댔다.

카네기는 친구의 말을 들어준 다음

엉뚱한 제안을 했다.

"내가 문제없는 곳을 아는데 같이 한번 가 보겠나?"

친구는 좋다며 흔쾌히 카네기를 따라나섰다.

"여기가 바로 아무 문제도 없는 곳이라네."

카네기가 친구를 데려간 곳은 공동묘지였다.

친구는 자신을 놀리느냐며 버럭 화를 냈다.

그러자 카네기는 친구에게 이렇게 말했다.

"세상에 문제없는 삶은 어디에도 없다네.
중요한 것은 그 문제를 받아들이는
태도에 있는 것이지."

삶은 문제의 연속이다.
그것을 인정하고 받아들이지 않으면
그때부터 삶은 고해의 바다가 되고 만다.
문제를 인정하고 받아들일 때
그것을 해결할 방법도 보이기 시작한다.

문제도 답도 내 안에

무명의 젊은 화가가

처칠 수상에게 면담을 요청했다.

그는 최근 이름 있는 공모전에 출품을 했다가

보기 좋게 낙선한 사람이었다.

그는 자신의 출품작이 낙선한 이유가

그림도 그릴 줄 모르는 자격 미달의 심사위원 때문이라며,

미술계의 이런 폐단을 바로잡아 달라고 열변을 토했다.

그의 말을 다 듣고 난 처칠은 웃으며 말했다.

"화가 양반, 난 평생 달걀을 낳아 본 적이 없소."

처칠의 말에 젊은 화가는 황당한 표정을 지었다.

"당연하죠. 어떻게 사람이 달걀을 낳습니까?"

화가의 물음에 처칠은 말을 이었다.

"맞는 말이오, 난 한 번도 달걀을 낳아본 적은 없지만
어떤 것이 싱싱한 달걀이고 상한 달걀인지는
누구보다 잘 구별할 수 있소."
"아니, 그거야……."
"이번 일도 마찬가지요.
아무리 그림을 그리지 못하는 심사위원이라도
얼마든지 좋은 그림을 가려낼 수 있는 것 아니겠소?"
그 말에 젊은 화가는 더 이상 말을 잇지 못했다.

그날 이후 화가는 그림 그리기에 더욱 정진하였고
마침내 훌륭한 화가로 성공할 수 있었다.

어떤 문제가 생길 때마다
핑계를 대고 남탓만 하다가는
평생 불평분자로 살아가기 쉽다.
문제를 통해 진정으로 무언가를 얻고자 한다면
먼저 자신부터 돌아볼 일이다.

두려움의 정체

겁이 많은 사자 한 마리가
칠흑 같이 어두운 정글 속을 걷고 있었다.
사자는 귀를 쫑긋 세우고
살금살금 조심스럽게 정글을 헤쳐 나갔다.
한참을 걸었을 때 어디선가 낯선 울음소리가 들려왔다.
앞으로 나아갈수록 그 소리는 점점 커졌고,
마침내는 정글 전체를 삼켜버릴 듯 크게 들려왔다.

'도대체 얼마나 무시무시하고 큰 동물이기에
저렇게 큰 소리를 내는 것일까?'
잔뜩 겁을 먹은 사자는 걸음을 재촉했지만
끝내 길을 찾지 못하고 헤매다

뜬눈으로 아침을 맞이했다.

동이 터오고 어둠이 걷히자

사자 눈앞에 커다란 웅덩이가 나타났고,

밤새 공포에 떨게 만들었던 울음소리도 정체를 드러냈다.

그 정체는 웅덩이에 사는 개구리의 울음소리였다.

사자는 어이없고 허탈한 마음으로

한참 동안 웅덩이를 바라보다가 발길을 돌렸다.

우리가 살아가면서 느끼는 공포나 두려움은

정작 실체가 없는 막연한 것인 경우가 많다.

그것을 이겨내면 앞으로 나아 갈 수 있지만

이겨내지 못하면 한 발자국도 전진할 수 없다.

진정한 용기란,

눈에 보이는 적이 아닌

마음속 두려움을 이겨내는 것이다.

지혜의 길이

스페인 왕이 젊은 귀족 중 한 명을
이웃나라에 사신으로 보냈다.
새롭게 등극한 왕을 축하하는 의미였다.
그런데 정작 이웃나라 왕은
젊은 사신을 보자마자 불쾌한 기색을 나타냈다.

"스페인에는 인재가 없는 모양이오.
아직 수염도 나지 않는 풋내기를 사신으로 보내다니……."
그 말을 들은 젊은 사신은 이렇게 대답했다.
"현명하신 왕이시여,
좋은 인재의 기준을 수염의 길이로 따진다면
귀국의 궁궐을 염소로 가득 채워야 할 겁니다."

그 말에 왕은 자신의 실수를 깨닫고
스페인의 젊은 귀족에게 융숭한 대접을 베풀었다.

"흰머리가 지혜를 낳는 건 아니다."

고대 그리스의 희극 작가 메난드로스의 말이다.
인생을 살아본 사람이 어린아이보다 지혜로울 수 있지만,
그렇다고 지혜가 세월에 비례하는 것은 아니다.
지혜는 세월이 흐른다고 저절로 쌓이는 게 아니다.

최고의 가르침

한 여인이 어린 아들을 데리고 간디를 찾아갔다.

"선생님, 제 아들이 사탕을 끊을 수 있도록 도와주세요.

치아가 다 썩어가는 데도 사탕을 입에 달고 삽니다.

선생님께서 말씀하시면 아마 들을 겁니다."

여인의 고민을 들은 간디는 자못 심각한 표정을 짓더니

4주 후에 다시 아이를 데려오라고 말했다.

'왜 지금은 못하고 4주 후에 다시 오라는 것일까?'

여인은 의아하게 생각하며 돌아갔고,

4주 후에 다시 간디를 찾아갔다.

간디는 몸을 낮춰서 아이와 눈높이를 맞춘 후

다정한 음성으로 아이에게 이야기했다.

"얘야, 사탕을 먹으면 정말 달콤하지?
그런데 이렇게 매일 사탕을 입에 물고 살면
이가 썩어서 몽땅 빠지고 만단다.
그때는 맛있는 음식도 먹을 수 없게 되지.
그러니까 이제부터 사탕은 그만 먹자꾸나."
간디의 말에 아이는 고개를 끄덕이며 약속을 했다.

아이를 먼저 밖으로 내보내고 여인이 물었다.
"선생님, 4주 전에는 그냥 돌려 보내더니
왜 오늘에서야 이런 말씀을 해주신 건가요?"
간디는 소년 같은 멋쩍은 표정을 지으며 대답했다.
"실은 4주 전에는 저도 사탕을 먹고 있었습니다.
제가 사탕을 먹으면서 아이에게 끊으라고 할 수는 없지요."

최고의 가르침은 말로 하는 것이 아니라
몸소 실천해 보이는 것이다.
실천하는 가르침에는 진심이 들어 있고
그 진심에는 사람의 마음을 움직이는 힘이 있다.

걱정도 팔자

역사상 가장 뛰어난 정치가 중 한 사람으로 꼽히는
미국의 제7대 대통령 앤드루 잭슨.
그에게도 치명적인 버릇이 하나 있었다.
자신의 건강을 지나치게 걱정하는 버릇으로,
부인이 세상을 떠난 뒤부터 나타난 증상이었다.
그는 입버릇처럼 자신이 중풍으로 죽을 것이라고 말했다.
가족 중에 중풍으로 죽은 사람들이 있었던 것이다.

어느 날,
친구 집에서 젊은 여인과 체스를 두던 잭슨은
갑자기 손에 힘이 빠지며 아래로 툭 떨어지는 것을 느꼈다.
순간 얼굴이 창백해지고 호흡곤란 증상이 일어났다.

깜짝 놀란 수행원들이 그를 부축했다.

"각하, 괜찮으십니까? 당장 병원으로 모시겠습니다."

하지만 잭슨은 손사래를 치며 체념하듯 말했다.

"아닐세. 난 이런 날이 올 것을 알고 있었네.

아무래도 그놈의 중풍이 온 것 같네."

"아니, 그걸 어떻게 아십니까?"

"온 몸이 마비된 것 같아.

아까부터 몇 번이나 다리를 꼬집어 봤는데

아무런 감각이 없어."

그때 함께 체스를 두고 있었던 젊은 여인이 말했다.

"각하, 각하가 꼬집은 다리는 제 다리였습니다."

치유하기 힘든 가장 큰 병이 마음의 병이다.

마음의 병은 대부분 과도한 걱정과 두려움 등

실체도 없고 쓸데없는 기우에서 시작되는 경우가 많다.

오죽하면 이런 말이 생겨났을까!

'걱정도 팔자다.'

나는 놈 위에 즐기는 분

마이크로소프트에 고용된 임시직 여성 청소부가 있었다.
그 회사에서 학력도 가장 낮았고,
가장 적은 급여를 받으며 힘든 일을 하고 있었지만
그녀는 항상 웃는 얼굴이었다.
자신의 일에 충실한 것은 당연했고,
틈틈이 다른 직원들의 부탁도 잘 들어주었다.
그녀의 이야기는 직원들의 입에 오르내렸고,
마침내 빌 게이츠의 귀에까지 들어갔다.

게이츠는 그녀를 불러서 직접 물었다.
"어떻게 그렇게 매일 즐겁게 일할 수 있습니까?"
그녀는 환한 웃음을 지으며 대답했다.

"저는 이 일을 좋아하고, 일하는 것이 즐겁습니다.

남들처럼 배운 것도 없는 저에게

회사에서 일할 수 있는 기회를 줘서 감사하고,

여기서 받은 급여로 자식들을 공부시키고,

가족의 생계를 책임질 수 있어서 너무 행복합니다."

감동한 게이츠는 그녀에게 파격적인 제안을 했다.

매일 청소 업무를 다 마치고나서

회사에서 컴퓨터 관련 공부를 해보라고 한 것이다.

그 제안을 받아들인 그녀는

몇 년 후 마이크로소프트의 정직원이 되었다.

마이크로소프트는 인재 채용 시,

'열정'을 최고의 덕목으로 꼽는다고 한다.

회사에 대한 열정, 기술에 대한 열정, 일에 대한 열정!

열정을 가진 자는 일을 즐길 줄 안다.

뛰는 놈 위에 나는 놈 있다지만,

나는 놈 위에는 즐기는 분이 계신다.

행운을 부르는 방법

이탈리아의 한 영주의 집에서

정원사로 일하는 젊은이가 있었다.

그는 매일 아침 일찍 정원을 돌아보고

여기저기 잡초를 뽑고 정원수의 모양을 다듬고 보살폈다.

새벽에 정원을 산책하던 영주의 눈에

늘 부지런히 움직이는 정원사의 모습이 들어왔다.

하루는 영주가 그에게 다가가 물었다.

"자네는 왜 이른 새벽부터 이렇게 부지런을 떠는가?

그렇다고 자네 급여를 올려주는 것도 아닌데?"

영주의 물음에 젊은 정원사는 이렇게 대답했다.

"저는 정원을 가꾸는 일이 즐겁고,

제 손길로 만들어진 이 정원이 너무 좋습니다.

매일 이 정원을 어떻게 가꾸어갈지 상상하는 것만으로도

저는 충분히 행복한 보상을 받고 있습니다."

정원사의 말에 감동을 받은 영주는

그에게 미술공부를 시켜주었다.

훗날 그는

르네상스 시대를 대표하는 최고의 미술가가 된다.

그의 이름은 바로 '미켈란젤로'였다.

'미쳐야 미친다'는 말이 있다.

조건 없이 미치고 걱정 없이 빠지다 보면

가까이 있는 사람들이 먼저 알아봐 주고,

마침내는 세상이 다 알고 돕게 된다.

"자력自力 을 다 했을 때

타력他力이 나타난다."

'하늘을 스스로 돕는 자를 돕는다'고 했다.

끝날 때까지는 끝난 게 아니다

한 석유회사에서
새로운 유전 개발 사업을 벌이고 있었다.
몇 달째 수백 개의 시추공을 박고 있었지만
어디에서도 유전은 터지지 않았다.
회사 경영진은 말라버린 유정으로 판단하고
현장 감독관에게 작업 중지를 지시했다.

작업 중지를 지시 받은 감독관은
현장으로 돌아가 시추공을 박고 있는 기술자에게 물었다.
"시추공이 얼마나 더 들어갈 수 있나?"
"아직 2미터는 더 파들어 갈 수 있습니다."
그러자 감독관은 기술자에게 명령했다.

"좋아, 마지막까지 파들어 가 보세.
그래도 안 되면 그때 철수하도록 하지!"
기술자는 작업을 계속했고,
1미터쯤 더 파들어 갔을 때 마침내 석유가 터져 나왔다.
경영진의 지시대로 작업을 중지했다면
수많은 폐정 중의 하나로 남았을 그곳이
세계적인 유전으로 탄생하는 순간이었다.

우린 어디까지 가보고, 어디까지 해 보았을까?
마지막 한 발자국을 남겨두고 포기해서
일을 그르친 적은 없었을까?

99도의 열이 가해져도 물은 끓지 않는다.
그 물이 끓기 위해서는
1도의 열이 더 가해져야만 한다.

전 뉴욕 양키스 감독 요기 베라가 말했다.
"끝날 때까지는 결코 끝난 것이 아니다."

뭐 눈에는 뭐만 보인다

영국의 작은 도시에
대를 이어 운영하는 오래된 빵집이 있었다.
이곳에 버터를 납품하는 농부 역시
대를 이어 거래를 하고 있었다.
농부는 매일 아침 정해진 시간에
싱싱한 버터를 납품하고는 가족들과 먹을 빵을 사서
집으로 돌아오곤 했다.

그러던 어느 날,
빵집 주인은 버터에 대해 의문을 갖기 시작했다.
버터가 정량에서 조금씩 모자란다는 느낌이 든 것이다.
한 번 의심이 생긴 빵집 주인은

며칠 동안 납품 받은 버터를 모아두었다가
저울에 달아보았다.
의심은 곧 사실로 드러났다.
각각의 버터 중량이 일정하지 않았던 것이다.
빵집 주인은 농부가 크게 표시가 나지 않을 만큼씩
저울의 눈금을 조작해서 버터를 납품한 것으로 단정하고,
참을 수 없는 배신감에 농부를 고소하고 말았다.

그런데 이 재판을 진행하던 재판관은
농부를 심문하는 과정에서 특이한 사실을 알아냈다.
농부의 집에 버터의 무게를 재는 저울이 없었던 것이다.
농부는 대체 어떤 방법으로 버터의 무게를 측정하고
매일 아침 빵집에 납품했던 것일까?
농부의 진술에서 그 비밀이 밝혀졌다.
농부는 매일 자신이 납품해야 하는 버터의 중량과
동일한 중량의 빵을 구매했고,
그 빵의 중량에 맞춰 버터를 납품했다고 말했다.
따라서 버터의 중량이 일정하지 않다는 것은

빵의 중량이 일정하지 않다는 반증이었다.
재판관은 조사 끝에 중량을 속인 건
농부가 아닌 빵집 주인이라는 사실을 밝혀내고
그에게 벌금형을 선고했다.

정직한 사람은 쉽게 남을 의심하지 않는다.
자신에 대한 믿음과 정직만큼 타인을 바라보기 때문이다.
남을 의심한다는 건
자신 또한 그만큼 신뢰하지 못한다는 말이다.

지혜로운 사람은 남의 눈에 든 허물보다
자신의 눈에 든 작은 띠끌을 경계하는 사람이다.

두 명의 청소부

대학을 졸업하고
뉴욕 박물관 임시직 사원이 된 청년이 있었다.
그는 매일 아침
1시간 일찍 출근해서 박물관 바닥을 쓸고 닦았다.
누가 시킨 일도 아니었다.
청소를 하는 동안 청년은 즐겁고 행복한 표정이었다.

우연히 이 모습을 지켜 본 박물관장이
청년에게 다가가 물었다.
"대학교육까지 받은 사람이 마룻바닥 청소나 하고 있다니,
남들 보기 창피하지 않은가?"
그러자 청년은 당당하게 말했다.

"이곳은 그냥 마룻바닥이 아닙니다.
뉴욕 박물관의 마룻바닥입니다."

훗날 그 청년은
뉴욕 박물관의 관장 자리까지 오르게 되는,
'세계 최고의 고래 박사' 엔드루스 박사다.

셰익스피어가 골목에서 청소부와 마주쳤다.
청소부가 그를 알아보고 푸념을 늘어놓았다.
"당신은 유명한 작가로 화려하게 사는데
나는 이렇게 골목의 쓰레기나 치우고 있으니
세상이 참 불공평한 것 같습니다."
그 말에 셰익스피어는 이렇게 대답했다.

"당신이나 나나 다를 게 없습니다.
당신이 골목을 닦을 때 나는 글을 닦을 뿐이지요.
둘 다 우주의 일부를 아름답게 만드는 일이 아닙니까?"

크고 작은 것,
중요하고 하찮은 것의 차이는
그것을 바라보는 생각의 차이에 있다.

세상에 하찮은 일이란 없다.
다만 하찮은 인간이 존재할 뿐.

전략과 준비의 차이

인류 최초로 남극점 도달에 성공한

노르웨의 탐험가 로알 아문센.

그와 비슷한 시기에 남극점 정복에 성공한

또 한 사람의 탐험가가 있었다.

영국의 탐험가 로버트 팔콘 스콧이다.

1910년 두 사람은 거의 같은 시기에 탐험을 시작했고,

스콧은 1912년 1월 18일 남극점에 도달에 성공한다.

하지만 인류 최초라는 영예는 아문센의 차지였고,

설상가상으로 스콧은 복귀 중에 조난을 당해

네 명의 동료와 함께 죽고 만다.

무엇이 두 탐험가의 운명을 갈랐을까?

남극점 정복이라는 목표는 같았지만
준비 과정부터 두 사람의 선택은 달랐다.
탐험대의 썰매를 끌 동물을 선택할 때
아문센은 썰매 개를, 스콧은 조랑말을 골랐다.
대원들이 착용하는 탐험 복장도 달랐다.
아문센은 이누이트 족처럼 털가죽 옷을 입었고,
스콧은 영국에서 만든 최신 모직 방한복을 입었다.
영하 40도가 넘는 추위 속에서
스콧이 선택한 모직 방한복은 제 구실을 하지 못했다.
또 아문센의 탐험대는 위도 1도를 통과할 때마다
저장소를 만들어 식량을 묻어두고 깃발로 표시했다.
덕분에 목표점에 다가갈수록 점점 짐이 줄어들었고
그만큼 전진 속도도 빨라졌다.
식량을 분산시키지 않고 그대로 전진한 스콧의 탐험대는
썰매 한 대가 바다에 빠지는 불운까지 겹쳤다.

무엇보다 탐험대의 구성이 달랐다.

아문센은 스키나 썰매에 능한 사람들로 탐험대를 꾸렸고,

스콧은 남극점 정복과 탐사를 병행하기 위해

과학자 중심의 탐험대를 꾸렸다.

스콧의 발길은 더딜 수밖에 없었다.

전략과 준비의 차이가

두 탐험가의 운명을 갈랐다.

아문센은 최초로 남극점을 정복한 영웅이 되었지만,

스콧은 탐험 중 사망한 비운의 탐험가로 기억되었다.

봄에 밭을 갈지 않으면…

일생의 계획은 어린 시절에 달려 있고,

일 년의 계획은 봄에 달려 있으며,

하루의 계획은 아침에 달려 있다.

어려서 배우지 않으면 나이 들어도 아는 것이 없고,

봄에 밭을 갈지 않으면 가을에 거둘 것이 없으며,

아침에 일찍 일어나 서두르지 않으면

그날 할 일을 다 하지 못한다.

_공자의 「춘추」 중에서

마음산책

글쓴이 | 곽동언
펴낸이 | 우지형

인　쇄 | 하정문화사
재　본 | 도림바인텍
후가공 | 금성산업
디자인 | Gem

펴낸곳 | 나무한그루
주　소 | 서울시 마포구 독막로 10, 성지빌딩 713호
전　화 | (02)333-9028　**팩스** | (02)333-9038
E-mail | namuhanguru@empal.com
출판등록 | 제313-2004-000156호

ISBN 978-89-91824-56-0　03810

값 3,800원

이 도서의 국립중앙도서관 출판예정도서목록(CIP)은 서지정보유통지원시스템 홈페이지
(http://seoji.nl.go.kr)와 국가자료공동목록시스템
(http://www.nl.go.kr/kolisnet)에서 이용하실 수 있습니다.(CIP제어번호: CIP2017024946)